de Cominck

REVUE POUR 1852

Havre, le 15 Janvier 1853

Dans notre Revue pour 1851, nous avons déjà pu constater les effets du coup d'État du 2 Décembre, sous le triple rapport du Commerce, de l'Industrie et de l'Agriculture ; nous terminions, en disant qu'il était permis d'espérer que toutes les branches du Commerce et de l'Industrie pourraient travailler fructueusement en 1852.

Les résultats ont de beaucoup dépassé ces espérances ; un élan extraordinaire et soutenu a succédé au ralentissement qui s'était manifesté dans toutes les transactions en 1851.

La hausse a été générale sur presque toutes les matières premières, comme sur les matières fabriquées, sur les denrées coloniales, comme sur les produits du sol.

Malgré cette hausse, la consommation a augmenté et pour certains articles, le Coton et le Café, par exemple, elle est arrivée à des chiffres qui n'avaient pas encore été atteints.

35250

Les fonds publics et toutes les valeurs qui se cotent à la Bourse de Paris ont été poussés à des prix excessifs, et de ce côté peut-être il y a à craindre une réaction sérieuse.

Les produits du sol et les grains en particulier étaient tombés en 1851, malgré des droits protecteurs prohibitifs, à des prix ruineux pour les cultivateurs dont beaucoup pouvant à peine payer leurs fermages, avaient peu à dépenser en objets de vêtements et de luxe.

D'un autre côté les préoccupations politiques pour 1852 avaient plus ou moins mis tout le monde en liquidation en 1851.

Les chiffres officiels de l'Administration des Douanes et des Contributions Indirectes sont là pour dire combien en face de cet état de choses les consommations s'étaient ralenties.

L'année 1852 a donc eu de grands vides à remplir, et une fois rassurés sur notre avenir politique, les capitaux se sont produits d'autant plus volontiers qu'ils avaient été longtemps improductifs, de là une activité prodigieuse qui, secondée par le bon marché du pain, a créé dans le pays une grande prospérité et a donné au Trésor des excédants considérables dans ses recettes.

Le Commerce d'exportation a pris un développement extraordinaire en 1852. Le Havre surtout a pu constater des progrès rapides, les lignes régulières n'ont pas toujours suffi pour l'expédition de cette masse de colis qui nous arrivaient pour tous les points du Globe, et ce qui est à constater c'est que c'est précisément pour les pays *de libre concurrence* que les expéditions des articles manufacturés *français* ont été les plus considérables.

La France exporte aujourd'hui des métiers à filer; des moulins à Sucre, des machines pour faire le papier, des presses hydrauliques, des machines à vapeur, des locomotives, des voitures, etc., etc. pour l'Espagne, pour l'Italie, pour la Suisse, pour la Russie, pour les Colonies étrangères, pour le Mexique, pour le Brésil, pour le Chili et pour d'autres pays encore où elle ne jouit d'aucune protection.

Le Gouvernement, dit-on, sent la nécessité de remanier notre tarif de

Douanes et de le mettre plus en rapport avec les exigences de notre époque.

Le sénatus-consulte, qui vient de conférer à l'Empereur le droit de faire ces modifications, semble faire pressentir que nous verrons sous peu des changements importants dans notre système douanier, qui donneront une nouvelle impulsion au Commerce et à l'Industrie.

Il est seulement à désirer que les droits soient réduits d'une manière générale et non en faveur de telle provenance plutôt que de telle autre; car les droits différentiels ont généralement pour effet de diminuer notre Commerce sur plusieurs points pour l'augmenter sur un seul.

Le pays jouit d'une tranquillité parfaite, et 1853 serait probablement encore une année de prospérité pour la France, si nous pouvions conserver le pain à bon marché et éviter le contre coup de la crise financière qui semble devoir être la conséquence du jeu effréné de la Bourse de Paris.

COTONS

La consommation du Coton a été considérable en 1852. Elle a dépassé de plus de 10 % celles de 1849 et 1846, qui avaient été les plus fortes en France, et de plus de 20 % celle de 1851.

Les droits de Douane ont été acquittés sur

72,000,000	k°		contre
58,500,000	»	en	1851
59,200,000	»	»	1850
64,200,000	»	»	1849
45,000,000	»	»	1848
45,000,000	»	»	1847
64,200,000	»	»	1846
62,000,000	»	»	1845
58,900,000	»	»	1844
57,200,000	»	»	1843

Le prix du coton Louisiane *très ordinaire* , a présenté les variations suivantes dans le courant de 1852.

	plus bas		plus haut		prix moyen		prix du Calicot à Rouen
Janvier	75	—	78	—	76	—	37 1/2
Février	74	—	75	—	74 1/2	—	36 1/2
Mars	76	—	77	—	76 3/4	—	36 1/2
Avril	75	—	78	—	76 1/2	—	37 1/2
Mai	79	—	86	—	83	—	38 1/2
Juin	85	—	87	—	86	—	39 1/2
Juillet	83	—	84	—	84	—	41
Août	85	—	86	—	85 1/2	—	40
Septembre	86	—	86	—	86	—	39
Octobre	89	—	96	—	91	—	38
Novembre	94	—	96	—	95	—	39
Décembre	85	—	94	—	89	—	38 1/2

Les prix ont ainsi peu varié dans les quatre premiers mois, bien que nos débouchés se soient élevés, pour ces quatre mois, à 160,000 b.; mais le désir de vendre, en face d'une récolte estimée à cette époque à 2,700 à 2,800/ᵐ b., avait empêché tout mouvement de hausse.

Dans le courant du mois de Mai, les prix montèrent de 10 à 12 %, bien que les estimations de la récolte aux Etats-Unis fussent alors portées à 3,000,000 de b.; mais la marche de la consommation générale était telle à cette époque, que l'on ne doutait déjà plus qu'une récolte, même de 3,000,000 de b., serait absorbée dans l'année.

Cette opinion s'est trouvée justifiée par les faits. La récolte aux Etats-Unis, 1851/2, a atteint le chiffre de 3,015,000 b., dont 2,464,000 b. sont arrivées en Europe, soit 476,000 b, de plus qu'en 1851 ; malgré cet excédant si considérable, les stocks généraux en Europe, au 31 décembre 1852, n'étaient que de 700,000 b., soit de 150,000 b. seulement plus élevés qu'au 31 décembre 1851.

Les cours ont présenté peu de variations sur notre place pendant les mois de Juin, Juillet, Août et Septembre. Nos prix les plus élevés se son établis en Octobre et Novembre par suite de la faiblesse de notre stock, qui était descendu au-dessous de 20/ᵐ ʙ. Depuis lors, les cours ont été entraînés en baisse par les avis toujours plus favorables sur la récolte de 1852/53, qui est annoncée devoir aussi atteindre 3,000,000 de ʙ. ; si ce chiffre se confirme, nous pouvons espérer des prix très doux cette année, qui permettront à l'Industrie de travailler fructueusement, d'autant mieux qu'il n'y a de dépôt de marchandises fabriquées nulle part.

Arrivages de Coton au Havre.

Années.	des Etats-Unis	du Brésil	d'ailleurs	Total
1852	373,000 ʙ	5,500 ʙ	9,500 ʙ	388,000 ʙ
1851	285,000	7,500	9,000	301,500
1850	300,000	7,000	5,000	312,000
1849	356,000	8,300	5,000	369,300
1848	228,000	1,589	4,302	233,891

Arrivages dans les autres Ports de France.

Années ;	des Etats-Unis	du Brésil	d'Egypte	autres sortes	Total
1852	17,800 ʙ	— ʙ	36,700 ʙ	12,500 ʙ	67,000 ʙ
1851	13,000	1,100	18,500	23,000	55,600
1850	10,000	—	29,000	30,000	69,000
1849	23,000	200	16,800	5,300	45,300
1848	28,000	1,100	4,400	4,200	37,700

Il résulte de ces tableaux réunis que les importations en France ont été de :

$$
\begin{array}{lll}
455,000 \ \text{ʙ.} & \text{en } 1852 & \text{contre} \\
357,100 \ \text{»} & \text{» } 1851 & \text{»} \\
381,000 \ \text{»} & \text{» } 1850 & \text{»} \\
414,600 \ \text{»} & \text{» } 1849 & \text{»} \\
276,000 \ \text{»} & \text{» } 1848 & \text{»}
\end{array}
$$

Il y a eu augmentation dans les importations :

    de 92,800 ʙ. des Etats-Unis.

    18,200 ʙ. d'Egypte.

Par contre il y a eu diminution :

    de 3,000 ʙ. du Brésil.

    10,000 » du Levant, de l'Inde et autres sortes.

Nous trouvons, d'après ces tableaux, que la consommation de Coton de toutes sortes en Europe et aux Etats-Unis a dû être à peu près comme suit :

	1852	1851	1850	1849	1848
	B.	B.	B.	B.	B.
en Angleterre	1,911,000	1,662,000	1,513,000	1,586,000	1,504,000
en France	436,000	357,000	346,000	390,000	300,000
autres pays d'Europe	650,000	550,000	500,000	550,000	400,000
en Europe	2,987,000	2,569,000	2,359,000	2,526,000	2,204,000
aux Etats-Unis	603,000	404,000	488,000	517,000	532,000
Total	3,590,000	2,973,000	2,847,000	3,043,000	2,736,000

Pour faire face à ces consommations, il y eu approximativement :

	1852	1851	1850	1849	1848
	B.	B.	B.	B.	B.
Stock en Europe au 1er Janvier	550,000	600,000	625,000	554,000	557,000
Récolte aux États-Unis	3,015,000	2,355,000	2,100,000	2,728,000	2,300,000
Venu de l'Inde	230,000	340,000	309,000	182,100	227,000
Venu de l'Egypte, du Brésil, des Indes Occident. et Mers du Sud	430,000	260,000	320,000	285,000	200,000
Total	4,225,000	3,555,000	3,254,000	3,749,000	3,284,000

Nous commençons l'année avec un Stock, en Europe, de 700,000 B. environ.

CAFÉS.

Les prix ont peu varié l'année dernière sur notre Marché : le cours des *Haïti* a été de 46 à 54 F. pour *l'ordinaire à bon et fin ordinaire*; les *Rio* se sont raisonnés de 50 à 65 F. pour les lavés, de 47 à 55 F. pour les non lavés, et de 45 à 47 F. pour les *ordinaires*.

Ces bas prix et l'aisance générale ont favorisé la consommation de l'article d'une manière très remarquable; il a été acquitté en 1852 pour toute la France.

$$
\begin{array}{lll}
20,800,000 & \text{k.} & \text{contre} \\
18,700,000 & » & \text{en } 1851 \\
15,400,000 & » & » \ 1850 \\
18,100,000 & » & » \ 1849 \\
14,900,000 & » & » \ 1848 \\
16,800,000 & » & » \ 1847 \\
\end{array}
$$

Les importations en France ont été considérables, soit:

Années.	Cafés Étrangers		Colonies françaises	Total.
	d'en deçà des Caps au droit de 52 ¼ par ½ k°.	d'au delà des Caps au droit de 45 par ½ k°.		
	k.	k.	k.	k.
1852.....	—	—	—	33,000,000 »
1851.....	27,000,000 »	4,486,000 »	514,000 »	32,000,000 »
1850.....	16,556,000 »	5,424,000 »	692,000 »	22,672,000 »
1849.....	25,666,000 o	5,251,000 »	788,000 •	31,700,000 »
1848.....	22,382,000 »	4,046,000 »	636,000 »	27,064,000 »

Les stocks en France au 31 Décembre étaient de

$$
\begin{array}{lll}
8,000,000 & \text{k.} & \text{contre} \\
7,500,000 & » & \text{au } 31 \text{ Décembre } 1851 \\
7,000,000 & » & » \qquad\quad 1850 \\
8,000,000 & » & » \qquad\quad 1849 \\
10,200,000 & » & » \qquad\quad 1848 \\
\end{array}
$$

Nous trouvons, d'après ces tableaux, que pour faire face aux besoins de la consommation et de l'exportation, nous avons eu

Stock au 31 Décembre 1851.............................. 7,500,000 k.
Importations en 1852.. 33,000,000 »
                                                                        40,500,000 k.

Consommation.................... 20,800,000 k.
Exportation...................... 11,700,000
                                                        32,500,000 »

Stock au 31 Décembre 1852   8,000,000 k.

Le tableau suivant indique les importations et débouchés de Café au Havre, pendant les cinq dernières années, avec Stock au 31 Décembre.

Années	Importations	Débouchés	Stock au 31 Déc.
1852............	16,200,000 k°.	15,100,000 k°.	2,800,000 k°.
1851............	13,200,000 —	13,400,000 —	1,800,000 —
1850............	12,200,000 —	13,100,000 —	1,900,000 —
1849............	12,900,000 —	12,600,000 —	2,500,000 —
1848............	10,300,000 —	9,770,000 —	2,567,000 —

Les Importations au Havre se sont divisées comme suit:

Provenances	1852			1851			1850			1849		
	Sacs.	Qts.	Bts.	Sacs.	Qts.	Bts.	Sacs.	Qts.	Bts.	Sacs.	Qts.	Bts.
Haïti................	81,000	»	»	71,000	25	»	78,800	»	»	60,500	»	»
Rio................	88,300	48	8	86,000	»	156	33,400	»	»	59,100	».	236
Porto, Cabello, Lag⁰ et d'aill.	33,200	340	7	20,300	»	227	15,900	378	423	20,500	»	1,600
l'Inde	53,300	384	457	26,200	»	»	62,000	»	»	39,700	»	»
Moka................	1,500	»	»	1,100	»	»	1,200	»	»	1,800	»	»
Martin. Guad.	»	2,700	»	»	2,348	»	»	1,700	»	»	2,737	»
	257,300	3,472	472	204,600	,373	383	191,300	2,070	423	181,600	2,737	1,836

Le tableau suivant indique les importations sur les principaux marchés d'Europe en 1849, 1850 et 1851.

Quantités exprimées en 1,000 kilogrammes :

	1852	1851	1850	1849
Hollande. —Société de Commerce	57,000	49,000	38,500	54,800
France	33,000	30,000	22,700	31,700
Londres	20,000	18,500	18,000	22,000
Anvers. Importations directes........	16,000	13,000	11,400	14,300
Hambourg	37,000	39,000	30,000	37,500
	163,000	149,500	122,400	160,300

L'excédant des importations de Café en Europe, en 1852, sur les marchés ci-dessus a ainsi été de :

        14,000 Tonneaux de 1,000 к. en 1851
        41,000   »   »   » 1850
         3,000   »   »   » 1849

Malgré ces énormes importations, les stocks généraux en Europe, au 31 Décembre dernier, n'étaient pas plus élevés qu'au 31 Décembre 1851, ce qui dénote une augmentation très considérable dans la consommation de cet article.

Le mouvement des Cafés en Hollande entre les mains de la Société de Commerce a été comme suit pendant les 10 dernières années.

Années.	Importations.	Ventes publiques de l'année.	Stock au 31 Décembre.
1852	900,500 в.	1,024,000 в.	279,400 в.
1851	756,000 »	739,000 »	259,000 »
1850	593,000 »	811,000 »	223,000 »
1849	847,000 »	902,000 »	306,000 »
1848	751,000 »	799,000 »	371,000 »
1847	926,000 »	1,002,000 »	445,000 »
1846	735,000 »	895,000 »	561,000 »
1845	920,000 »	925,000 »	517,000 »
1844	1,062,000 »	1,018,000 »	559,000 »
1843	1,075,000 »	1,016,000 »	547,000 »

Les livraisons en 1852 ont été de

    1,033,900 b. contre 854,600 b. en 1851
                        654,500 »   » 1850
                        830,900 »   » 1849
                        875,400 »   » 1848

D'après les avis donnés par le Gouvernement Hollandais, on paraît s'attendre en 1853 à des ventes publiques qui devront présenter une diminution sur le chiffre de 1852, d'environ 100 à 150,000 Balles. — Un semblable déficit ne manquerait pas de produire un effet favorable sur les cours en Europe, car on ne voit pas comment il pourrait être comblé sinon par une hausse de prix, devant faire croire à une diminution dans la consommation de 1853.

INDIGO.

Les importations en France de toutes provenances ont été comme suit pendant les cinq dernières années :

	1852	1851	1850	1849	1848
Bengale	8,077 c.	5,524 c.	9,903 c.	6,365 c.	2,768 c.
Java	990 »	743 »	428 »	955 »	458 »
Madras et Kurpah	2,928 »	822 »	1,016 »	289 »	321 »
Manille	85 »	16 »	50 »	— »	— »
	12,080 c.	7,105 c.	11,397 c.	7,609 c.	3,547 c.

La consommation a été très considérable cette année, soit :

10,700 Caisses contre   6,405 c.   en 1851
                        8,967 »   » 1850
                 10,645 »   » 1849

Les stocks réunis du Havre et de Bordeaux, au 31 Décembre 1852, en Indigo de toutes provenances étaient de

	HAVRE	BORDEAUX	Total
Bengale	3,699 c.	335 c.	4,034 c.
Java	5 »	— »	5 »
Madras et Kurpah	84 »	662 »	746 »
Manille	5 »	53 »	58 »
	3,793 c.	1,050 c.	4,843 c.

Les affaires furent très languissantes au Havre pendant les quatre premiers mois de l'année.

Les prix se raisonnaient de 70 à 80 c. pour les bons Indigos, de 1 r. à 1 r. 50 c. pour les moyens et inférieurs au dessous des estimations de 1851.

Au mois de Mai les ventes s'élevèrent à 2,065 c., et les prix éprouvèrent une hausse de 50 c. à 75 c. qui se maintint pendant les mois de Juin, Juillet et Août. Vers la fin de Septembre les prix éprouvèrent une nouvelle hausse de 30 c. à 40 c. sur les avis de Calcutta annonçant que la Récolte avait souffert.

Depuis lors les estimations plus réduites de la Récolte ont fait faire un nouveau pas à la hausse: nos prix sont maintenant fermes de 50 c. à 1 r. au dessus des estimations.

Le tableau suivant donne le mouvement des Indigos de toutes provenances en Europe, pendant l'année 1852.

	Angleterre	France	autres Pays	Total
Stocks au 31 Décembre 1851	30,452 c.	5,847 c.	3,044 c.	39,343 c.
Importations en 1852	33,640 »	12,080 »	8,379 »	54,099 »
	64,092 c.	17,927 c.	11,423 c.	93,442 c.
Débouchés en 1852	35,026 »	12,884 »	9,766 »	57,676 »
Stocks au 31 Décembre 1852	29,066 c.	5,043 c.	1,657 c.	35,766 c.

Les importations en Europe ont ainsi été de

    54,099 c.   en 1852 contre
    47,261 »   » 1851
    50,667 »   » 1850

Les débouchés se sont élevés au chiffre considérable de

    57,676 c.   en 1852 contre
    44,039 »   » 1851
    50,667 »   » 1850

Les stocks au 31 Décembre 1852 étaient réduits à

       35,766 c.   contre

       39,343 »   au 31 Décembre 1851

       36,021 »   »   1850

       38,794 »   »   1849

       41,060 »   »   1848

       47,742 »   »   1847

D'après les derniers avis de Calcutta la récolte de 1852/53 au Bengale était estimée de 105 à 110,000 Maunds, soit 29,000 c. au plus.

	Années	Maunds		Caisses				Caisses
contre	1851/52	134,000	—	35,600	dont la France à reçu			8,077
	1850/51	112,500	—	30,000	»		»	5,600
	1849/50	121,000	—	32,500	»		↑	9,915
	1848/49	126,000	—	34,300	»		»	6,565
	1847/48	110,000	—	29,000	»		»	2,968
	1846/47	101,000	—	26,000	»		»	6,087
	1845/46	128,000	—	34,300	»		»	8,616
	1844/45	143,000	—	38,900	»		»	10,363
	1843/44	172,000	—	46,000	»		»	9,265
	1842/43	79,000	—	21,800	»		»	7,724

Les importations en Angleterre d'Indigo *Guatemala Caraque* pour 1852 ne se sont élevées qu'à 4,300 surons contre 7,400 surons en 1851, soit 3,100 surons en moins ou l'équivalent d'environ 900 caisses Bengale.

Nous commençons l'année avec un stock d'environ.. 35,800 c.

Les Importations en 1853 peuvent être estimées comme suit :

    du Bengale .... 29,000 c.

      Madras .... 10,000 —

      Manille........................... 3,000 —

      Java .... 4,000 —

      Guatemala .... 1,500 —

                             47,500 c.

                             83,300 c.

En estimant la consommation de 1853 à .... 52,000 »

Nous arriverions au 31 décembre 1853 avec un Stock de.. 31,300 » qui serait plus faible que celui d'aucune autre année depuis 1847. On pourrait donc compter sur de hauts prix, si l'expérience n'avait démontré qu'ils ont toujours pour effet de réduire la consommation.

SUCRES.

Les importations en France de Sucre des Colonies Françaises ont été comme suit pendant les huit dernières années :

1852 —	66,500,000	k.
1851 —	56,000,000	»
1850 —	46,500,000	»
1849 —	57,100,000	»
1848 —	64,000,000	»
1847 —	99,000,000	»
1846 —	78,700,000	»
1845 —	102,000,000	»

Ces importations se divisent comme suit :

Quantités exprimées en tonneaux de 1,000 k.

Années	Guadeloupe.	Martinique.	Réunion.	Cayenne.	Total
1852..............	—	—	—	—	66,500
1851..............	16,900	19,700	19,300	200	56,000
1850..............	13,000	14,200	18,800	500	46,500
1849..............	19,200	18,400	18,500	1,000	57,100
1848..............	20,300	19,700	21,800	2,200	64,000
1847..............	40,300	32,100	24,800	2,300	99,500
1846..............	28,100	25,600	23,400	1,600	78,700
1845..............	38,000	33,800	28,600	1,900	102,000

Il résulte de ces chiffres, que la production de nos Colonies a augmenté de 10,000 tonneaux sur celle de 1851 et de 20,000 tonneaux sur celle de 1850 ; mais elle est encore inférieure de 27,000 tonneaux sur la moyenne de la production des trois années qui ont précédé la Révolution de 1848.

Les importations de Sucres étrangers se sont élevées en 1852 à

35,000 tonneaux	contre 20,000 tonneaux en 1851
—	44,000 — en 1850
—	28,000 — en 1849

La *campagne* 1851/52 pour la Sucrerie Indigène a produit .... 57,500,000 k°.

contre 1850/51 68,300,000

1849/50 59,000,000

Il a été acquitté en 1852 :

Sucre Indigène .... 62,000 Tonn.

» des Colonies Françaises .... 58,000 »

» » Etrangères .... 28,000 »

148,000 Tonn.

à déduire : Sucre raffiné, exporté .... 15,000 »

Reste pour la consommation de la France en 1852 .... 133,000 Tonn.

Les Stocks *officiels* au 30 Novembre dernier étaient de
20,000 t. Sucre des Colon⁵ Franç. contre 11,300 t. au 30 Novemb. 1851
5,800 » » » étrang. » 10,700 » »
28,600 » » » indig. » 15,300 » »

54,400 tonneaux contre 37,300 tonneaux.

Les Sucreries indigènes fourniront dans la campagne 1852/53, d'après des estimations qui paraissent généralement admises, 80 à 90 millions de kilogrammes, chiffre qui serait considérablement supérieur à la production coloniale.

Le nombre des fabriques s'est accru de 15, soit de 322 à 337, dont huit seulement inactives.

Depuis le commencement de la campagne, la production est de plus de 36 millions de kilog., soit 16 millions de plus qu'en 1851, à pareille époque.

Le mouvement des Sucres sur la place du Havre a été comme suit :

	Antilles	Porto-Ricco et Cuba	Havane	Brésil			Réunion
				sacs.	q¹ˢ.	caiss.	
Stock au 1er Janvier 1852........	1,400 b¹ˢ.	2,550 b¹ˢ.	650 c.	9.550	330	31	— s.
Arrivages en 1852	35,100 »	7,252 »	19,918 »	25,320	559	580	28,800 »
	36,500 b.	9,802 b.	20,568 c.	34,870	889	611	28,800 s.
Débouchés en 1852......	24,100 »	9,802 »	19,468 »	32,513	369	611	22,800 »
Stock au 31 Décembre 1852..	12,400 b.	— »	1,100 c.	2,357	520	—	6,000 s.

Les cours de la bonne 4ᵐᵉ des Antilles ont varié comme suit, sur la place du Havre:

	plus bas	plus haut	prix moyen
Janvier	58 — —	58 — —	58 —
Février	56 — —	57 50 —	56 50
Mars	55 — —	55 — —	55 —
Avril.....................	54 50 —	55 — —	54 —
Mai	54 50 —	57 — —	55 50
Juin	57 — —	59 — —	58 50
Juillet.....................	58 50 —	59 — —	58 50
Août	56 50 —	58 — —	57 50
Septembre	55 — —	56 — —	55 50
Octobre	55 — —	55 50 —	55 —
Novembre...............	53 — —	55 — —	54 —
Décembre...............	53 — —	54 50 —	53 75

Le 27 Mars a paru subitement un décret qui a augmenté les droits sur les Sucres et qui, contre tout précédent et toute justice, a rendu cette augmentation applicable aux Sucres venant par Navires en cours de voyage, jetant ainsi une grande perturbation dans des opérations entreprises sous la foi des Lois existantes. Ce décret a prononcé la PROHIBITION pour tout Sucre qui ne renfermerait pas *au moins un pour cent*

de corps étrangers, punissant ainsi les planteurs qui s'aviseraient de nous expédier en France *du trop bon Sucre*, et les invitant à y ajouter *au moins* un pour cent de *sable* ou de *terre* afin de ne pas être frappés par cette sauvage prohibition

La consommation du Sucre en Europe pour 1852 a été de:

567,000 Tonn. contre 503,000 Tonn. en 1851
550,000 » » 1850

Les stock généraux en Europe étaient estimés au 31 Décembre, la France exceptée,

135,000 Tonn. contre 183,000 Tonn. en 1851
138,000 » » 1850
168,000 » » 1849

Quant aux importations que l'Europe recevra en 1853, il est encore trop tôt pour avancer une opinion, cependant rien ne fait croire jusqu'à présent que ces importations dépasseront la moyenne des quatre dernières années qui avait été de 530,000 Tonn. On s'attend à une production considérable des sucreries indigènes en Allemagne, qui pourrait bien peser sur les cours en Europe, si la consommation ne progresse pas dans la même proportion.

CUIRS.

Les importations en 1852 au Havre se sont élevées au chiffre de

430,500 pièces contre
402,000 » en 1851
430,000 » » 1850
357,000 » * 1849
388,000 » » 1848
385,000 » » 1847

Les importations en 1852 se divisent ainsi :

$$
\begin{array}{lrr}
\text{Plata et Rio Grande} & \text{— secs} & 243,000 \\
& \text{salés} & 101,000 \\
\hline
& & 344,000 \\
\text{Brésil toutes sortes} & & 19,000 \\
\text{Autres provenances} & & 67,000 \\
\hline
\text{Total.} & & 430,000 \\
\end{array}
$$

Le mouvement général a été comme suit :

Stock au 31 Décembre 1851	34,700	pièces
Importations en 1852	430,000	»
	464,700	pièces

Débouchés en 1852,

Pour l'exportation	100,300		
» la consommation	332,400	432,700	»
Stock au 31 Décembre 1852		32,000	pièces

RIZ.

Les importations du Riz au Havre ont été comme suit :

en 1852	7,000	Tierçons	76,600	Sacs	contre	
	4,700	»	46,400	»	en	1851
	5,500	»	45,000	»	»	1850
	9,400	»	37,400	»	»	1849
	7,000	»	45,000	»	»	1848
	15,700	»	54,000	»	»	1847

Les prix sont montés en Septembre à 34 ɪ. pour les Caroline, 21 ꜰ. pour les Bengale, 17 ꜰ. pour l'Arracan, par suite d'achats spéculatifs basés sur les craintes que l'on avait à cette époque sur les récoltes en France.

La hausse des grains n'ayant pas été jusqu'ici en rapport avec ces craintes, les spéculateurs ont pris peur ; il y a eu réaction en baisse. Les Caroline se raisonnent aujourd'hui de ꜰ. 29 à 31, les Bengale, de ꜰ. 17 50 à 18.

Nous considérons une reprise comme très probable parce que, dans notre opinion, la dernière récolte se trouvera insuffisante pour atteindre la prochaine, et que le temps extraordinaire que nous avons depuis si longtemps est considéré comme défavorable aux blés en terre.

Stock, environ 1,000 Tierçons Caroline et 17,000 Sacs de Riz de l'Inde.

NITRATE DE SOUDE

Il a été importé au Havre, en 1852 :

    24,400 Sacs contre 31,600 Sacs en 1851
          19,400 »   1850
          17,000 »   1849

Les prix qui étaient à F. 17 au commencement de l'année sont montés en Décembre à F. 23 et 26, suivant le titre.

La consommation en France a été de

    6,200 Tonneaux contre 4,400 Tonneaux en 1851
          4,800 »   1850
          3,900 »   1849

Les Stocks en France au 31 Décembre étaient de 100 Tonneaux contre 2,000 Tonneaux au 31 Décembre 1851.

SALPÊTRE DE L'INDE

On a reçu au Havre

6,700 Sacs contre 15,300 Sacs en 1851
12,000   »   1850
10,700   »   1849

Le prix le plus élevé en 1852 a été F. 40 ; il n'y a aujourd'hui preneurs qu'à 36.

La consommation en France en 1852 a été à peu près la même qu'en 1851, soit 2,000 Tonneaux.

HUILE DE BALEINE

Trois navires Baleiniers seulement ont effectué leur retour au Havre en 1852, important

5,794 Barils de 100 k°, contre
15,484   »   en 1851
19,434   »   1850
19,073   »   1849

Seize navires Baleiniers sont actuellement en cours de voyage, dont
4 partis en 1850
7   »   1851
5   »   1852

Le cours actuel des huiles de baleines est de F. 47 pour le disponible, et F. 44 à livrer par navires attendus cette année.

Les avis des Baleiniers en mer sont favorables à leur pêche.

SUIFS

Les Importations au Havre sont tombées en 1852 à

479 fûts 101 c. contre 1,134 fûts   946 c. en 1851

4,707   »   3,277   »   1850

15,300 colis   1849

Les prix, qui étaient au commencement de 1852, de F. 49 à 52 pour le Suif jaune de Russie sont montés successivement à F. 63 et 64.

HUILE DE PALME.

On a reçu au Havre en 1852, 3,646 fûts.

Les prix sont montés de F. 40 à 45 ; à ce dernier prix il y a acheteurs.

ETAINS.

Il a été importé en 1852 :

58,000 saumons contre 36,600 saumons en 1851

—   —   52,500   —   1850

—   —   75,800   —   1849

Les Étains de l'Inde sont à 230 fr. les 100 kil.

Le mouvement des Etains Banca en Hollande a été comme suit, comparé aux quatre années précédentes :

	1852	1851	1850	1849	1848
Importations	139,600 bl.	121,300 bl.	115,000 bl.	129,000 bl.	88,000 bl.
Ventes	156,700 bl.	111,200 »	118,000 »	250,000 »	101,000 »
Prix commun	fl. 50 ¼	fl. 47 ¼	fl.50 ¼	fl. 40	fl. 41 ½
Stock au 31 Décembre	33,000 bl.	50,000 bl.	40,000 bl.	42,000 bl.	162,500 bl.

Navires entrés dans le Port du Havre.

Années	Long Cours	Grand Cabotage	Petit Cabotage	Total	Tonnage.
1852	637	1,336	2,861	4,834	665,000
1851	491	1,280	2,965	4,726	622,000
1850	478	1,328	2,700	4,506	572,000
1849	517	1,120	2,520	4,163	545,700
1848	445	1,378	2,499	4,322	498,000
1847	641	2,637	3,891	7,169	821,000
1846	586	1,775	4,718	7,077	788,000
1845	627	1,702	3,939	6,270	742,000

Le Long-Cours se décompose ainsi :

	1852	1851	1850	1849	1848	1840
des Etats-Unis	217	179	172	218	172	315
du Brésil	58	49	51	45	31	26
de Haïti	72	36	51	36	41	40
des Antilles Étrangères	38	19	48	35	27	29
de La Plata	41	30	33	32	22	14
du Pérou, du Chili, du Mexique et Colombie	71	53	41	45	43	33
de l'Inde et de Chine	21	30	27	27	19	15
de Bourbon	9	4	1	5	4	7
du Sénégal, Cayenne et Côte d'Afrique	26	18	5	17	24	9
de la Pêche de la Baleine	3	7	7	7	6	23
de la Martinique	41	34	25	27	25	44
de la Guadeloupe	40	32	27	36	43	70
	637	491	478	522	465	625

Il résulte de ces tableaux, que le tonnage général des Navires entrés au Havre reste fort au-dessous de ce qu'il était en 1845, 1846 et 1847, et même au-dessous du chiffre de 1840, qui était 680,000 tonneaux.

Il y a eu augmentation considérable dans notre Commerce avec le Brésil, Haïti, la Plata, la Mer du Sud, le Mexique et la Côte d'Afrique : tous pays *de libre concurrence*, tandis qu'il y a réduction ou état stationnaire dans nos rapports avec Bourbon, la Martinique et la Guadeloupe : pays *de commerce réservé*. Il est vrai que, tandis que le Gouvernement *protégeait* nos Colonies d'une main, aux dépens de la Métropole, il les écrasait de l'autre par le privilége inique qu'il accordait à la production du Sucre indigène.

La pêche de la Baleine est tombée de 40 Navires en 1840 à 16 Navires en 1852, malgré les sacrifices énormes que l'Etat s'est imposé.

Par la loi du 22 Juillet 1851, les primes sont accordées jusqu'en 1861, à raison de 120 fr. par tonneau. Un Navire de 600 tonneaux a ainsi 72,000 fr. de Prime ; ce qui est hors de toute proportion avec l'avantage que le pays peut en tirer

Droits perçus par la Douane du Havre.

1852	34,600,000 F.
1851	26,000,000
1850	25,909,000
1849	29,244,000
1848	20,082,000
1847	25,755,000
1846	28,242,000
1845	27,644,000
1844	26,736,000
1843	25,409,000
1842	24,800,000
1841	23,000,000
1840	22,432,000

Frédéric de Coninck et Comp.

Imprimerie du Commerce. — ALPH. LEMALE.